Analyse de l'œuvre

Par Alice Detober

Le dernier enfant

Philippe Besson

lePetitLittéraire.fr

Analyse de l'œuvre

Par Alice Detober

Le dernier enfant

Philippe Besson

Rendez-vous sur lepetitlitteraire.fr et découvrez :

Plus de 1200 analyses
Claires et synthétiques
Téléchargeables en 30 secondes
À imprimer chez soi

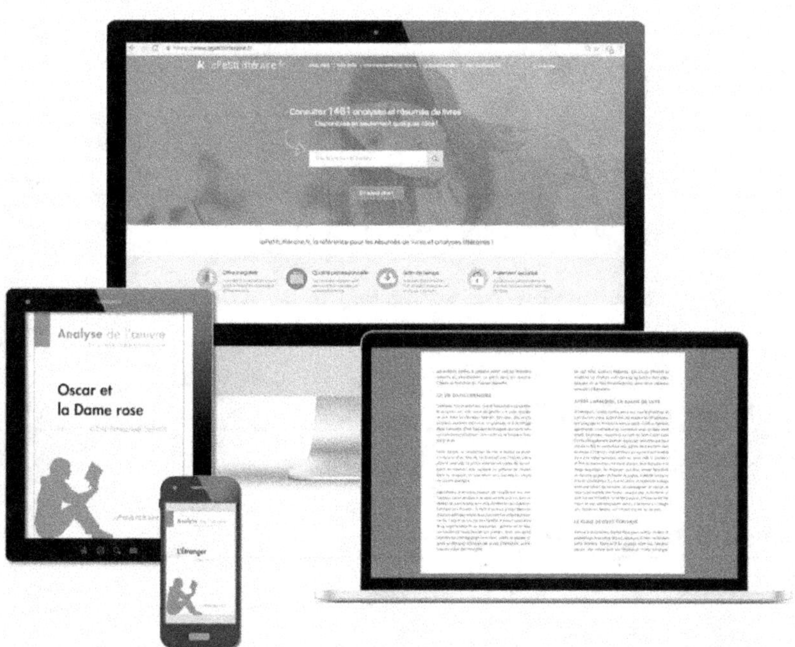

LE DERNIER ENFANT

L'ENVOL DU CADET

- **Genre :** roman
- **Édition de référence :** *Le Dernier Enfant*, Paris, Julliard, 7 janvier 2021.
- **1re édition :** 2021
- **Thématiques :** le départ du dernier enfant, la famille, le couple, les enfants, les moments de rupture.

Philippe Besson a voulu faire vivre aux lecteurs le départ d'un enfant du cocon familial du point de vue des parents. Ce roman introspectif est focalisé sur le point de vue de la mère. Tout se confronte dans sa tête : le passé, les souvenirs, le présent avec le départ de l'enfant et le futur laissant place à des inquiétudes.

L'auteur nous emmène le temps d'une journée dans la vie d'une femme, celle d'Anne-Marie. Ce jour est particulier, il s'agit du déménagement du petit dernier dans un minable studio plus proche de l'université dans laquelle il va étudier. Nous suivons Anne-Marie dans ses pensées et cheminements. Le dimanche du déménagement, elle observe Théo déjeuner pour la dernière fois à la maison. Anne-Marie et son époux Patrick aident ensuite leur fils à déplacer les caisses dans leur voiture et ils montent tous les trois à bord d'une camionnette en direction du studio de Théo. Le déménagement proprement dit commence. Tous s'attèlent à la tâche ingrate qu'ils doivent effectuer : monter les cartons et les ranger. L'heure de midi approche, ils se rendent dans un faux *diner* aux allures des années 1950. Anne-Marie toujours dans ses pensées provoque la gêne aussi bien chez son mari que chez son fils, elle parle du passé. Elle fait tout pour que ce repas, qui est sans doute le dernier, se prolonge. Les parents finissent par reprendre la route, laissant leur fils derrière eux. Anne-Marie est désemparée et se met à pleurer dans la voiture devant son mari. La journée semble longue, Anne-Marie fait tout pour s'occuper. Elle va chercher de la compagnie près de sa voisine, elle appelle ses enfants et elle part se balader seule. Elle est dévastée. Comment le couple va-t-il survivre à cette épreuve du départ de leur enfant ? Comment cette mère va-t-elle se reprendre en main ?

Ce livre a été reçu de manière ambivalente par la critique. Certains se sont identifiés et reconnus dans les personnages de la mère et du fils. D'autres n'ont pas été touchés par cette écriture qu'ils ont trouvée trop froide, sérieuse et presque médicale.

PHILIPPE BESSON

ÉCRIVAIN, ANIMATEUR ET CRITIQUE LITTÉRAIRE FRANÇAIS

- **Né en 1967 en Charente (France)**
- **Quelques-unes de ses œuvres :**
  - *En l'absence des hommes* (2001), roman
  - *L'Arrière-saison* (2002), roman
  - *Arrête avec tes mensonges* (2017), roman

Philippe Besson a choisi pour son vingt-deuxième roman une thématique qui revient souvent dans son œuvre, celle de la famille et des relations familiales. Il est diplômé de l'école supérieure du commerce de Rouen. Plus tard, il entreprend des études en droit social. Il débute à Paris où il est directeur des ressources humaines, juriste et secrétaire général de l'IFOP. Ensuite, sa carrière littéraire débute. Il est récompensé pour son premier livre, *En l'absence des hommes*, qui se déroule pendant la Première Guerre mondiale et dans lequel le narrateur devient ami avec Marcel Proust. Il reçoit le prix Emmanuel-Roblès en 2001 pour cette œuvre qui est traduite dans quatre langues. Il apparait souvent dans les médias en tant qu'animateur et critique littéraire, notamment pour *Paris Dernière* (2010-2013). Il est également chroniqueur à la radio et principalement sur Europe 1 de 2008 à 2020. Il s'engage en politique publiquement et soutient d'abord Ségolène Royal et enfin Emmanuel Macron. Le futur président de la République sera l'objet d'un de ces livres : *Un personnage de roman*, Julliard, 2017. Plusieurs des livres de Philippe Besson ont été adaptés au cinéma et au théâtre. Le dernier roman de Philippe Besson, *Le dernier enfant*, est une ode à l'œuvre de Marguerite Duras.

RÉSUMÉ

L'AVANT-DÉMÉNAGEMENT

Anne-Marie n'est pas prête à l'évènement qui est en train de se dérouler sous ses yeux. Aujourd'hui, son fils part. Il va étudier à l'université et il vivra dans un studio en ville. Théo va prendre son dernier petit-déjeuner auprès de ses parents. Anne-Marie veut être irréprochable pour le dernier repas de son fils à la maison. Cela fait trente ans qu'elle vit dans ce pavillon et ses gestes sont réguliers et ritualisés. Elle sait que Théo n'est pas du matin et elle se remémore tous les souvenirs liés à son réveil. Ceux de l'enfant qu'il fallait agiter au lever et ceux de l'adolescent qui lui interdisait d'entrer dans sa chambre. Lorsque Théo se réveille le jour du grand départ, elle l'observe assis à table. Il a : « les cheveux en broussaille, le visage encore ensommeillé, il porte juste un caleçon et un tee-shirt informe, marche pieds nus sur le carrelage. Pas à son avantage et pourtant d'une beauté qui continue de l'époustoufler, de la gonfler d'orgueil. [...] C'est la dernière fois qu'il apparait ainsi, c'est le dernier matin » (p. 28-29). Anne-Marie est renvoyée à ses souvenirs. Théo, ayant fini de déjeuner, va terminer de faire ses cartons. Le trajet à bord de la camionnette est particulièrement douloureux et nostalgique pour Anne-Marie, elle se remémore des souvenirs de voyage. Arrivés à destination, Patrick, le père s'énerve, car il ne trouve pas de place de parking. Il décide alors de se garer plus loin du studio.

LE DÉMÉNAGEMENT

Tous trois sortent les cartons du coffre de la Kangoo et gravissent les quatre étages pour arriver au studio de Théo. Le fils propose à sa mère de s'occuper de cette tâche rebutante avec son père, mais sa mère veut se montrer utile. Elle portera les cartons pour aider son fils quoi qu'il en dise. Elle semble touchée par un « maman » qui glisse de la bouche de son fils comme si « les "maman" sont vouées à disparaitre » (p. 81). Elle ouvre les cartons, range ce qu'elle y trouve pendant que Patrick monte les meubles avec les modes d'emploi. Elle aide son fils à ranger ses vêtements. Après quelques heures, le boulot est fait. À un moment donné, elle aperçoit la cicatrice de son fils et Anne-Marie part dans ses pensées. D'un coup, elle repense à l'accident de son fils et elle se dit qu'il ne sera jamais à l'abri d'un autre accident, d'autant qu'elle ne pourra plus veiller sur lui maintenant qu'il a choisi de vivre de manière autonome. Ses pensées lui font peur, elle essaye d'en faire fi.

L'APRÈS-DÉMÉNAGEMENT

Une fois, les cartons vidés et quelques meubles installés, la famille se rend dans un restaurant non loin du studio de Théo. Cet endroit, bien qu'il ne ressemble à aucun endroit dans lesquels Anne-Marie et sa famille ont pu se rendre, rappelle à cette mère les rares moments au restaurant. Elle se souvient de la crêperie bretonne, l'année où elle avait supplié Théo de venir pour la dernière fois en vacances avec ses parents. Il avait 18 ans et y était allé pour faire plaisir à ses parents contre les moqueries de ses copains. Anne-Marie est encore plongée dans ses pensées et ses souvenirs. Elle pense que sa vie est passée tellement vite depuis ses fiançailles, le moment où elle est tombée enceinte jusqu'à aujourd'hui. Elle se dit qu'ils sont heureux. Théo, comprenant le désir d'épanchement de sa mère, lui demande comment ses parents se sont connus. Anne-Marie, un peu étonnée de cette question, prend le temps de raconter la rencontre avec son mari, Patrick. Un peu maladroitement, elle évoque pour la première fois que Théo est arrivé par accident. Elle s'empresse de rajouter que ce n'est pas pour autant que ses parents ne le voulaient pas, il n'était juste pas prévu. La famille embraye sur un autre sujet : les 80 ans de la mère de Patrick. Anne-Marie s'inquiète de la présence de Théo : va-t-il venir ? Et s'il ne vient pas, reviendra-t-il à la maison, la voir pour d'autres occasions ? Cette mère est pleine de doutes. Tandis que tous les trois se querellent sur la présence de Théo à cet anniversaire, Anne-Marie clôt la discussion en rappelant que l'essentiel n'est pas là. L'essentiel, c'est que dans quelques heures, son petit dernier va s'extraire du nid familial et ça la déchire dans tout son corps. Cette mère fait tout pour rallonger ce diner en prenant un café alors qu'elle n'a pas l'habitude d'en boire à cette heure-là ; son mari la suit en en commandant un également. Lorsque les parents remontent à bord de la camionnette, ils sont désemparés. Théo ne semble pas plus assurant, il fait un geste inhabituel. Il lève sa main et la secoue en direction de ses parents. Le trajet du retour est propice aux lamentations et mélancolies d'une mère. Cette mère qui repense à tout ce qu'elle aurait voulu faire avec et pour son fils et qu'elle n'a pas encore eu le temps de faire. Quelques mètres plus loin, Anne-Marie se met à pleurer. De gros sanglots glissent sur ses pommettes et elle n'arrive pas à les réprimer. Patrick tente de la consoler en s'arrêtant sur une aire d'autoroute proche d'un supermarché. Ils reprennent la route et rentrent chez eux. Anne-Marie est obnubilée par ses pensées. Elle décide d'appeler ses enfants. C'est peine perdue en ce qui concerne Laura, elle est injoignable et elle ne lui aurait quand même été d'aucun réconfort. Elle n'a pas spécialement d'affinités avec sa fille. Elle essaye de joindre son ainé. Il lui répond tout de suite et comprend le motif de son appel. Julien se dit que pour une fois dans sa vie, les rôles vont changer : il va devoir prendre soin de sa mère, elle qui a toujours pris soin de lui. Ses propos ne la réconfortent pourtant guère. Anne-Marie, en proie à ses mélancolies, ne sait quoi faire. Elle se rend chez son amie Françoise. Elle sait qu'elle peut se confier à cette dernière même si ce n'est pas dans ses habitudes. Françoise lui insuffle des idées sur sa vie qu'elle pourra reprendre : sa vie de couple, ses voyages, etc. Anne-Marie finit par rentrer chez elle, toujours penaude. Elle pense sans arrêt. Elle voit son mari s'affairer sur des travaux manuels et elle lui lance : « on ne vendrait pas la maison ? ». Patrick est choqué d'entendre sa femme tenir de tels propos. Un peu plus tard, elle lui annonce qu'elle va se promener dans le quartier, seule. Rien ne semble remonter le moral à cette mère perdue dans sa mélancolie. Inconsciemment, toujours désorientée mentalement, elle enjambe un rempart, se retrouvant les pieds dans le vide. Elle se sent irrépressiblement attirée par le vide. Naturellement, elle se laisse glisser vers lui et ferme les yeux. Soudain, une main arrête son mouvement. C'est Patrick, il l'avait suivie. Il s'était bien douté que cette promenade n'avait rien de normal. Dans une communication sobre en sentiments, il lui propose de la suivre et de reprendre la vie qu'ils ont laissée entre parenthèses. Anne-Marie accepte.

ÉTUDE DES PERSONNAGES

ANNE-MARIE, LA MÈRE

Elle a perdu ses parents alors qu'elle avait vingt ans. Depuis lors, elle vit dans un pavillon. Elle a rencontré Patrick, son mari, lorsqu'elle était encore étudiante en tourisme et travaillait au supermarché Leclerc pour mettre de l'argent de côté. Rapidement, Anne-Marie a abandonné ses études pour chercher du travail. Elle a obtenu un CDD au Leclerc et y a finalement fait toute sa carrière, sans reprendre d'études. Patrick travaillait dans la partie « électroménager ». Cela fait trente ans qu'elle vit avec lui. À l'âge de vingt-deux ans, son compagnon a insisté pour devenir papa. Ils ont eu leur premier enfant : Julien et puis rapidement, un deuxième, Laura. Plus tard, sans l'avoir prévu, Théo est arrivé au sein du couple. Anne-Marie se souvient du départ de ses ainés. Julien côtoyait sa compagne depuis deux ans lorsqu'il a décidé de se mettre en ménage avec elle. Quant à sa fille, Laura, à vingt-quatre ans, elle a accepté un poste en Espagne. Pour Anne-Marie, le départ de ses deux premiers enfants s'est fait naturellement. Il en est une tout autre histoire du départ de Théo, le petit dernier. Anne-Marie en est dévastée. De nature introvertie, elle se renferme davantage sur elle, pensant que le départ de son fils est synonyme de la fin de son bonheur familial. Lors d'une promenade, Anne-Marie pense à mettre fin à ses jours. Patrick, surpris de cette balade, la suit et la sauve en lui proposant de reprendre leur vie de couple. Anne-Marie aime lire des romans d'un style assez facile pour s'endormir le soir. Elle lit principalement des histoires d'amour.

PATRICK, LE PÈRE

Il n'est pas d'un naturel très communicatif. Il est un peu maladroit dans ses paroles et n'arrive pas à consoler sa femme lors du départ de son fils. Il semble lui-même touché par ce départ. Il s'énerve assez rapidement lorsque les choses ne vont pas dans son sens. Par exemple, lorsqu'il ne trouve pas de place de parking à proximité immédiate du studio de Théo pour décharger ses cartons. Il est peu volubile et est sans doute encore plus introverti que sa femme. Il aime prendre des douches longues et chaudes. Il peut être assez maladroit et impatient. Il dissimule ses émotions plutôt que de les exprimer. Quand il a appris le décès de son père, il ne semblait pas triste, il avait l'air fâché comme s'il en voulait à son père d'être mort. Patrick a beaucoup de mal à gérer ses émotions et à les verbaliser. Patrick et Théo sont deux hommes, mais n'appartiennent pas aux mêmes générations, ce qu'Anne-Marie souligne avec rigueur :

Il y a trente ans, les hommes étaient un peu bourrus, un peu brusques, [...] la domination était de leur côté, on n'appelait d'ailleurs pas cela de la domination, [...] on estimait que c'était le fonctionnement normal, après tout c'étaient les hommes qui rapportaient la paye à la maison, eux qui assuraient la protection, la sécurité, la stabilité, aujourd'hui les choses ont changé, les jeunes gens sont plus sensibles, [...] ils croient à l'égalité, au moins à un équilibre, et ils sont au courant que des combats ont été menés, que des injustices ont été corrigées. (p. 152)

Patrick est bien un homme de sa génération tandis que Théo l'est également, mais ils appartiennent à deux générations distinctes. Les jeunes d'aujourd'hui savent exactement ce qu'ils veulent : passer leur permis voiture, faire des études, trouver un job, etc.

THÉO, LE CADET

Lors de son départ de la maison et pour l'université, il est majeur. Il a un désir d'autonomie. Depuis peu, il a son permis. Il veut partir étudier et vivre seul. Il est demandeur de contacts sociaux en dehors de ses relations avec ses parents. Il veut se créer un nouveau réseau social. Théo fait la fierté de ses parents, mais on apprend peu de choses sur lui, à part qu'à l'instar de ses parents, il est introverti. Au-dessus de sa bouche apparait un début de moustache. On sait aussi qu'il n'est pas du matin ou encore qu'il est fan de David Bowie et d'Ed Sheeran qui apparaissent en poster sur les murs de sa chambre. Théo garde une cicatrice dans le bas du dos comme éternelle trace de l'accident qu'il a eu. Il était à vélo quand il s'est fait percuter par une voiture. Théo a dû réapprendre à marcher pour reprendre une vie normale. On apprend par l'intermédiaire de sa mère que Théo est arrivé par accident : « Ça ne change rien comment les enfants arrivent, que ce soit par hasard ou parce qu'on a fait ce qu'il fallait, on les aime de la même façon, point barre. Et même, on peut les aimer davantage parce que c'est comme une chance, comme un cadeau » (p. 163).

Théo aime les livres, principalement les mangas et les bandes dessinées. Saturé des romans classiques qu'on lui a fait lire à l'école, Théo prétend préférer les mangas car « il y a de la vivacité, des éclats, de l'action, et puis c'est sa génération » (p. 103).

CLÉS DE LECTURE

DANS LA PEAU D'UNE MÈRE : L'AMOUR MATERNEL

Le récit de Philippe Besson est raconté du point de vue de la mère, Anne-Marie. Le lecteur est donc plongé dans un récit purement introspectif. Celui-ci aurait pu être raconté dans le journal intime d'Anne-Marie, mais la forme choisie par l'auteur nous confronte directement avec les pensées de cette mère qui pense perdre son fils. Le drame auquel est confrontée Anne-Marie est un drame auquel aucune mère ne se prépare jamais : voir son fils, son petit dernier s'échapper de la maison.

Tout prend vie au sein de la maison. La femme, de tout temps, est la maitresse de la maison. Elle veille à ce que tout y soit en ordre. La principale préoccupation d'Anne-Marie est d'être une bonne mère et de bien éduquer ses enfants. Le jour du déménagement, quand elle va manger au faux *diner* avec Patrick et Théo, elle s'exclame : « C'est passé vite quand on y pense » (p. 137). Cette réflexion témoigne qu'elle est enfermée dans ses pensées et ses souvenirs. Elle se souvient d'être la jeune orpheline qui a rencontré son mari Patrick rapidement, avec qui elle a eu trois enfants et auprès de qui elle a passé près de trente ans à les élever. Aujourd'hui, le dernier enfant, le petit Théo quitte le nid familial, alors Anne-Marie se dit que la vie est passée vite. Elle n'a pas eu le temps de s'arrêter pour voir son cours défiler. C'est comme si, par l'intermédiaire du départ de son fils, elle se rendait compte qu'elle avait cinquante ans et que la plus grosse partie « active » de sa vie était passée. « Vie active » à entendre comme vie de mère, même si celle-ci ne va pas arriver à son terme quand ses enfants vont partir de la maison, car une fois qu'on est mère, on l'est pour toute la vie à partir de la naissance de son enfant.

L'amour et les instincts maternels prennent le dessus sur le cadre de vie si stable et bien rangé d'Anne-Marie. Elle se confortait dans son rôle de mère bien rangée et elle semble tout à coup ne plus savoir quelle place, quel rôle revêtir dans sa « nouvelle vie ». Anne-Marie se demande comment on peut se préparer à un épisode de sa vie hypothétique. Elle savait que ce nouveau chapitre de sa vie allait s'ouvrir, mais elle ne savait pas toutes les conséquences qu'il aurait sur sa vie. Elle « savait que ce moment arriverait, elle s'y était préparée, mais elle n'était jamais parvenue à l'imaginer, ce n'était jamais concret, circonstancié, tangible, ça restait une idée, l'idée de la séparation, presque une théorie, ça n'avait pas de réalité et maintenant ça arrive, il y a un endroit, une heure, une couleur du ciel, un parfum [...] et ça se présente comme une dislocation » (p. 189-190). On peut dire que l'amour maternel en prend un coup.

Lorsqu'Anne-Marie se rend chez sa copine Françoise pour s'épancher sur cet évènement, cette dernière la comprend, s'exclamant : « tu as l'impression qu'il est parti trop tôt, c'est ça ? » (p. 240). Anne-Marie n'aime pas cette expression qui tient du lugubre : « Parti trop tôt. On l'emploie à propos des morts. Et personne n'est mort. Il ne faut quand même pas exagérer. À moins que cet éloignement ne soit une petite mort. Et qu'il faille en conséquence, entamer le deuil du disparu. Non, non, non, elle refuse cette comparaison, qui contient un irréparable, un irrémédiable » (p. 241). Pour la mère, l'amour qu'elle porte à son fils est comme mortifié par ce départ. Le départ de Théo est comme une petite mort. Il n'est pas mort et pourtant il n'est plus là. Il n'est plus présent physiquement. Comment Anne-Marie pourrait-elle encore veiller sur son fils dans de telles conditions ? L'amour maternel, elle ne sait pas quoi en faire quand ses trois enfants sont partis. Cet instinct maternel ne lui laisse que des regrets et des souvenirs avec lesquels elle a du mal à composer. C'est un vrai travail de deuil que cette petite mort lui impose. Un deuil qui peut remettre en question sa vie en tant que mère, en tant qu'épouse, en tant que femme et en tant que personne. A-t-elle encore envie de vivre dans pareilles circonstances ?

UNE FAMILLE MUETTE DANS TOUTES LES ÉPREUVES DE LA VIE

Vie du couple

La vie du couple est peu romantique. Une fois que Patrick est levé, il s'installe pour déjeuner sans saluer sa femme, que ce soit oralement ou physiquement. Anne-Marie se souvient qu'au début de leur vie de jeune couple, ils déposaient un baiser sur la bouche l'un de l'autre chaque matin. Avec le temps, la tendresse s'envole. « Patrick dit : on dort dans le même lit, on vit sous le même toit, ça sert à quoi de se dire bonjour ? [...] Quand même, elle appréciait cette convivialité, la regrette un peu » (p. 20). Le couple ne communique pas ou a arrêté de communiquer, mais on ne sait pas à partir de quel moment. Patrick a des difficultés au boulot, il ne dort pas bien, mais préfère ne pas en parler à sa femme. Ils ne semblent tout bonnement rien partager en dehors de leurs enfants et de leur maison. De plus, Patrick est peu volubile et tous les deux sont de nature assez introvertie. La non-communication dans le couple impacte indirectement les problèmes de communication dans la relation des parents aux enfants. Par exemple, lors du trajet pour le déménagement, ils se trouvent tous les trois entassés comme des sardines à l'avant de la camionnette et personne ne sait quoi dire. (« C'est à se demander si l'embarras n'est pas un passage obligé », p. 63). La radio vient combler leur vide de communication. Lorsqu'ils arrivent devant le studio de Théo et que ce dernier cherche ses clés, Patrick s'impatiente. D'après Théo, son père préfère dissimuler ses émotions plutôt que les exprimer directement : « Témoigner directement ses émotions n'est pas son fort, il faut toujours qu'il en passe par la colère ou par la rudesse » (p. 78).

L'accident de Théo

Un jour, alors que le couple travaille au Leclerc, un appel est lancé dans le magasin pour qu'Anne-Marie se rende dans le bureau du directeur. À sa grande surprise, Patrick est là. Le directeur leur apprend que leur fils a eu un accident. Il était à vélo quand il s'est fait percuter par une voiture. La première réaction se passe du côté de Patrick qui fait un geste inhabituel, il prend la main d'Anne-Marie. Rapidement, le couple se met en route en direction de l'hôpital. Dans la voiture, aucun mot n'est prononcé. Ils sont tellement abasourdis que le silence règne en roi : « Rien ne *peut* être prononcé, comme s'ils étaient figés, fossilisés. Rien ne *doit* être prononcé, comme s'ils obéissaient à une superstition. Parler ce serait mettre leur fils encore plus en danger, voilà ce qu'ils croient, contre toute raison » (p. 117). Anne-Marie a vécu cet accident comme un deuxième traumatisme, elle qui avait déjà vécu la perte de ses parents en tant que jeune adulte. Arrivé à l'hôpital, le couple attend des minutes qui semblent très longues. Quand un docteur vient se présenter à eux, ils comprennent que leur fils n'est pas passé loin de la mort. Il mettra du temps à guérir, mais il est en vie. Cet épisode traumatisant nous est raconté via les pensées d'Anne-Marie lorsque pendant le déménagement, elle aperçoit la cicatrice, trace de l'accident laissée à même le corps de son fils. « Les mères n'oublient jamais quand elles ont cru, un jour, perdre leur enfant. Elles ne se débarrassent jamais de la frayeur non plus » (p. 125).

Le départ de leur fils

Le départ de Théo est lourdement appréhendé par sa mère. Son exil est ressenti comme « une dévastation, un anéantissement » (p. 41) pour sa mère. Il y a des moments de rupture dans la vie, comme la perte d'un proche, qui remettent tout en cause. Aujourd'hui, Anne-Marie est face à un drame qui se joue avec son instinct maternel. Comment peut-elle laisser son fils s'échapper de sa maison ? Comment va-t-elle encore pouvoir vivre sans son petit enfant à ses côtés ? Le départ de Théo est vécu par

Anne-Marie comme un adieu, un point de non-retour. Son fils pourra toujours échanger avec elle par téléphone ou via les réseaux sociaux, mais Anne-Marie se demande s'il prendra la peine de revenir la voir. Comment va-t-elle faire pour résister à cette terrible épreuve, elle qui avait oublié la femme qu'elle était, l'épouse qu'elle est devenue pour se sacrifier entièrement à son rôle de mère ?

Ce changement est très douloureux pour Anne-Marie. Elle pense à celui-ci et ne voit aucune manière de se réjouir d'un tel évènement : que pourrait-elle bien faire maintenant ? Bien sûr, elle aimerait lire davantage. Lorsqu'ils étaient plus jeunes avec Patrick, ils se disaient qu'ils partiraient davantage en voyage quand les enfants seraient partis, mais maintenant qu'ils le sont tous, il manque l'envie à Anne-Marie. Elle est comme pétrie dans la douleur. Elle ne perçoit aucune échappatoire à la morosité dans laquelle elle se trouve. La séparation de la mère et du fils est inévitable, engendrant le dépouillement total de la mère. Anne-Marie n'est plus une mère alors qu'elle l'a été pendant trente ans. Elle pourrait se dire qu'elle est une épouse, mais cette réponse ne lui convient pas. Sa relation avec Patrick est solide, mais pas assez riche de tendresse et de bavardage. Anne-Marie se retrouve dès lors, à cinquante ans, à faire le deuil de sa vie de mère et à accepter la transition qui l'attend à partir de ce dimanche : se retrouver seule avec son mari.

Ce qui fait verser Anne-Marie dans le tourment est principalement tout ce qui se joue dans les silences et dans l'absence de communication. Les plaies de la mère sont à vif, aucune communication ne pourrait venir combler ces manquements. La communication n'est pas le fort de la famille et ce n'est pas à cinquante ans que le couple et ses enfants vont arriver à communiquer. Pourtant, le passage par la verbalisation pourrait aider Anne-Marie à guérir de ses souffrances. Elle témoigne d'un besoin de verbalisation lorsqu'elle se rend chez son amie Françoise parler de ses angoisses. Françoise lui rétorque qu'elle devrait lâcher prise et profiter de la compagnie de son mari pour l'aider à surmonter cette épreuve. Le départ d'un enfant est un évènement universel dans le sens où chaque parent sera un jour confronté au départ de ses enfants, mais chacun le vivra de manière différente. C'est un sujet à propos duquel les mères peuvent échanger autour d'une table. Il semblerait que cela touche davantage la gent féminine que la gent masculine. Tout cela n'est en fait qu'une affaire de représentation. Un père pourrait être davantage touché par le départ de ses enfants qu'une mère. Mais comme le dit Patrick, « les mères et les filles, c'est d'éternité une histoire de rivalité, de mésentente [...] De surcroit, il considère que les mères aiment trop leurs fils » (p. 44-45). Et si l'on rajoute à cela que le fils est le petit dernier, ça devient un point sensible. Anne-Marie se sent tellement désemparée qu'elle dit à son fils : « tu nous abandonnes » (p. 88). Elle a peur de ne plus faire partie de la vie de son fils, mais plutôt que de le lui dire, elle pense : « à tout ce dont elle est exclue [...] elle songe que son fils cloisonne naturellement son existence et que désormais elle se tient du mauvais côté de la cloison » (p. 100-101).

UNE ÉCRITURE DURASSIENNE

Le style est factuel, direct, sans circonlocutions. Le récit suit Anne-Marie dans ses actions, mais surtout dans ses pensées. Tout geste banal est propice aux réminiscences d'une mère. L'écriture va à l'essentiel, dans un style direct, un peu brut, mais peut s'étaler en longueur, tout comme les pensées de la mère qui s'arrêtent par exemple sur la cicatrice du fils, souvenir de son accident. Philippe Besson s'inspire de l'écriture durassienne dans ce roman. Il pratique ce qu'on appelle « l'écriture courante », c'est-à-dire une écriture qui suit le cours de la vie. Marguerite Duras définit l'écriture courante comme une « écriture presque distraite, qui court, qui est plus pressée d'attraper les choses que de les dire. Une écriture qui courrait sur la crête des mots, pour aller vite, pour ne pas perdre. Parce que quand on écrit, c'est le drame, on oublie tout tout de suite et c'est affreux » (Émission littéraire où Marguerite Duras est interrogée par Bernard Pivot, 12 novembre 1984).

En guise de préambule à son livre, Philippe Besson fait apparaitre une citation de Marguerite Duras provenant de son livre, *La Vie matérielle* : « La maison, c'est la maison de famille, c'est pour y mettre les enfants et les hommes, pour les retenir dans un endroit fait pour eux, pour y contenir leur égarement, les distraire de cette humeur d'aventure, de fuite qui est la leur depuis les commencements des âges » (p. 7). La citation de Duras introduit parfaitement le livre de Philippe Besson. On peut même se demander s'il n'a pas construit son livre à partir de cette citation. En effet, dans ce livre et pour le personnage principal, Anne-Marie, la maison est le centre de tout. C'est là où elle vit avec son mari et là où elle éduque ses enfants et veille sur eux. Cette maison de laquelle les enfants s'échappent est comme un piège qui se referme sur eux pour les « contenir », comme le dit si bien Marguerite Duras. Si le départ d'un enfant est si douloureux pour un parent, c'est parce que cette attitude est ressentie par les parents comme une fuite. Lorsque l'enfant se trouve au creux du ventre de sa mère, la mère sait qu'ils font un, ils sont unis. Quand l'enfant nait, il est dépendant de sa mère. Au fur et à mesure de sa vie, l'enfant se détache de sa mère pour prendre son envol, être autonome. Le départ de l'enfant est la constatation réelle et physique de la fuite de l'enfant. Dans le livre de Philippe Besson, tout est histoire de maison comme centre affectif. D'emblée, une mère doit accepter le déménagement de son fils, c'est-à-dire son départ vers un autre lieu, mais qui n'a pas la même histoire. Il s'en va dans un endroit vierge de souvenirs où il va pouvoir créer une nouvelle vie. Anne-Marie, la mère, se force à mettre la main à la pâte en participant à la construction du nouveau nid de son fils. Elle veut marquer la trace de leur vie antérieure dans ce lieu où tout reste à construire.

<u>Le saviez-vous ?</u>

Marguerite Duras (1914-1996) est une écrivaine française née en Indochine française et morte à Paris. À la suite du décès de son père, elle est élevée par sa mère, puis mise en pension.

En 1932, elle commence en France des études en sciences politiques, en mathématiques et en droit. Pendant la Première Guerre mondiale, elle publie son premier roman sous le pseudonyme de « Duras ». Elle est reconnue comme une écrivaine avant-gardiste, brisant les conventions et proposant un au-delà. Elle est une figure importante pour nombre d'auteurs français. Il y a un avant et un après Marguerite Duras. Elle fait partie des auteurs de la mouvance du « Nouveau roman ». Ces écrivains veulent révolutionner le roman en s'adonnant à de nouvelles expérimentations sur celui-ci. En ce qui concerne Marguerite Duras, sa vie est son principal matériau d'écriture. L'écriture lui sert à explorer ses souvenirs, notamment ceux en Indochine. Marguerite ne travaille pas seulement sur le roman, elle travaille aussi sur des pièces de théâtre et sur le cinéma.

PISTES DE RÉFLEXION

QUELQUES QUESTIONS
POUR APPROFONDIR SA RÉFLEXION...

- Autour de quel drame se nouent les pensées d'Anne-Marie et pourquoi ? Expliquez.

- Quel est l'enjeu essentiel de ce livre ? Se noue-t-il dans les actions, l'écriture, la communication ? Quel lien pouvez-vous faire avec sa focalisation ?

- Expliquez l'expression « une petite mort » et définissez-la. Pourquoi Françoise vient-elle qualifier le départ de Théo de « petite mort » lorsqu'elle parle à Anne-Marie ? Comparez cette expression avec la mort réelle.

- Établissez le schéma actanciel du récit et placez-le dans un cadre spatiotemporel (où se passent les actions ? Quand ont-elles lieu ?).

- Expliquez en quoi le drame de la famille se joue principalement dans la communication.

- Quels réconforts Anne-Marie va-t-elle mobiliser, une fois rentrée chez elle ? Quelles sont les actions qu'elle va effectuer pour appeler à l'aide ? Comment ces actions nous permettent-elles de présager l'épisode final du livre ? Expliquez.

- Expliquez le récit qui a provoqué la cicatrice de Théo. Quels souvenirs cette cicatrice convoque-t-elle ?

Quelle est la réaction des parents à la suite de cet épisode ? Que pouvez-faire comme lien avec le départ de Théo qui est ressenti de manière extrêmement douloureuse pour sa mère ?

- Brossez le portait psychologique du fils et du père et comparez-les. En quoi appartiennent-ils à deux générations différentes selon la mère ?

- En quoi l'écriture de Philippe Besson dans ce roman peut-elle être rapprochée de l'écriture durassienne ? Justifiez.

- Réécrivez l'incipit du roman « le dernier enfant » du point de vue du père.

POUR ALLER PLUS LOIN

ÉDITION DE RÉFÉRENCE

- BESSON P., *Le dernier enfant,* 2021, Éditions Julliard, Paris, 2021. Édition spéciale « Voir de Près ».

ÉTUDES DE RÉFÉRENCE

- BURGELIN C. et GAULMYN P., *Lire Duras. Écriture – Théâtre – Cinéma*, Presses universitaires de Lyon, 2000.

- « *Philippe Besson et l'amour maternel* » [archive], sur Marie Claire (écrit le 13 février 2021)

- Émission sur Marguerite Duras interrogée par Bernard Pivot : https://enseignants.lumni.fr/fiche-me-dia/00000001133/marguerite-duras-evoque-son-style-litteraire.html#eclairage

lePetitLittéraire.fr

- un résumé complet de l'intrigue ;
- une étude des personnages principaux ;
- une analyse des thématiques principales ;
- une dizaine de pistes de réflexion.

**Retrouvez
notre offre complète sur**
lePetitLittéraire.fr

www.lepetitlitteraire.fr

ISBN version numérique : 9782808026895
ISBN version papier : 9782808026901
Dépôt légal : D/2021/12603/185

Conception numérique : Primento,
le partenaire numérique des éditeurs.